Para mi hijo, Anduin—EPD

En recuerdo de mi padre, Pedro María Herrera—Y

Las piedras misteriosas

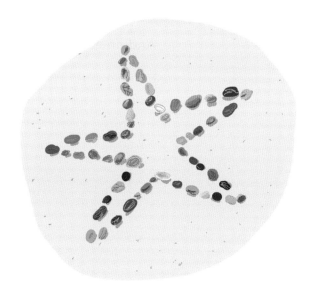

LIBRARY AND ARCHIVES CANADA CATALOGUING IN PUBLICATION
Title: Las piedras misteriosas / Enrique Pérez Díaz ; ilustrado por Yayo.
Names: Pérez Díaz, Enrique, 1958- author. | Yayo, illustrator.
Description: Originally written in Spanish. Previously published in English under title: The mysterious stones. | Text in Spanish.
Identifiers: Canadiana 20210162406 | ISBN 9781926890104 (hardcover)
Classification: LCC PZ73.P47 Pie 2021 | DDC j863/.64—dc23

Diseño del libro por Elisa Gutiérrez.
El texto de esta obra está hecha en la tipografía Brother 1816.
Impreso y encuadernado en Korea en papel ecológico.

10 9 8 7 6 5 4 3 2 1

La editorial agradece al gobierno de Canadá, Canada Council for the Arts y Livres Canada Books por su apoyo financiero. Agradecemos también al gobierno de la provincia de Columbia Británica por su apoyo financiero que recibimos mediante el programa de crédito fiscal para libros publicados y el British Columbia Arts Council.

Cuando caminaban de regreso, la abuela le dijo a Kiki: "Tu papá nunca te olvidará. Él te quiere y algún día regresará".

Al alba, Kiki fue al mar en busca de la mujer de pelo blanco ondulante. Un pelícano y un delfín vinieron a su encuentro. Peces voladores, brillantes de espuma, danzaban entre las olas.

"¿Adónde se ha ido La Dama de las Piedras?", gritó Kiki.
Pero el mar no le respondió.

Una mañana de niebla, Kiki vio un barco de altas velas blancas anclado a la orilla del mar.

Alta y pálida, La Dama de las Piedras, saltó de la cubierta hacia la arena, su pelo se movía ondulante bajo la brisa salada del mar.

Cerca del muro rompeolas, Kiki encontró un montoncito de piedras hermosamente coloreadas. Cuando quiso agradecerle a la dama, ella se había desvanecido.

Kiki se llevó las piedras y las puso en un lugar secreto.

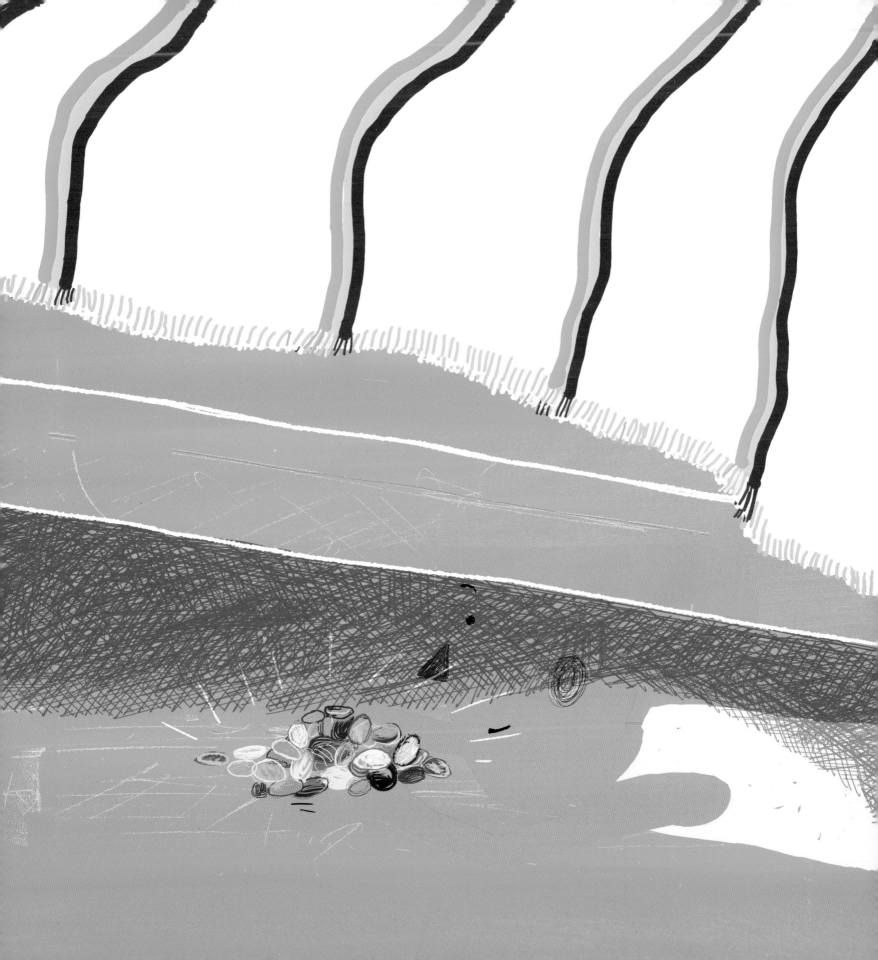

Más tarde, ese mismo día, mientras pescaba con su tío, Kiki vio un velero aparecer lejos en el horizonte.

"Mira ese barco", gritó, "pertenece a La Dama de las Piedras".

"Yo no veo nada", dijo su tío. "Es solo tu imaginación".

Esa tarde, Kiki, su tío y su abuela se reunieron alrededor de la mesa de la cocina para comer ensalada, tostones fritos, arroz con frijoles negros y el pez que el tío y Kiki habían pescado juntos.

Después de la cena, Kiki fue por las piedras coloridas para mostrárselas a su abuela.

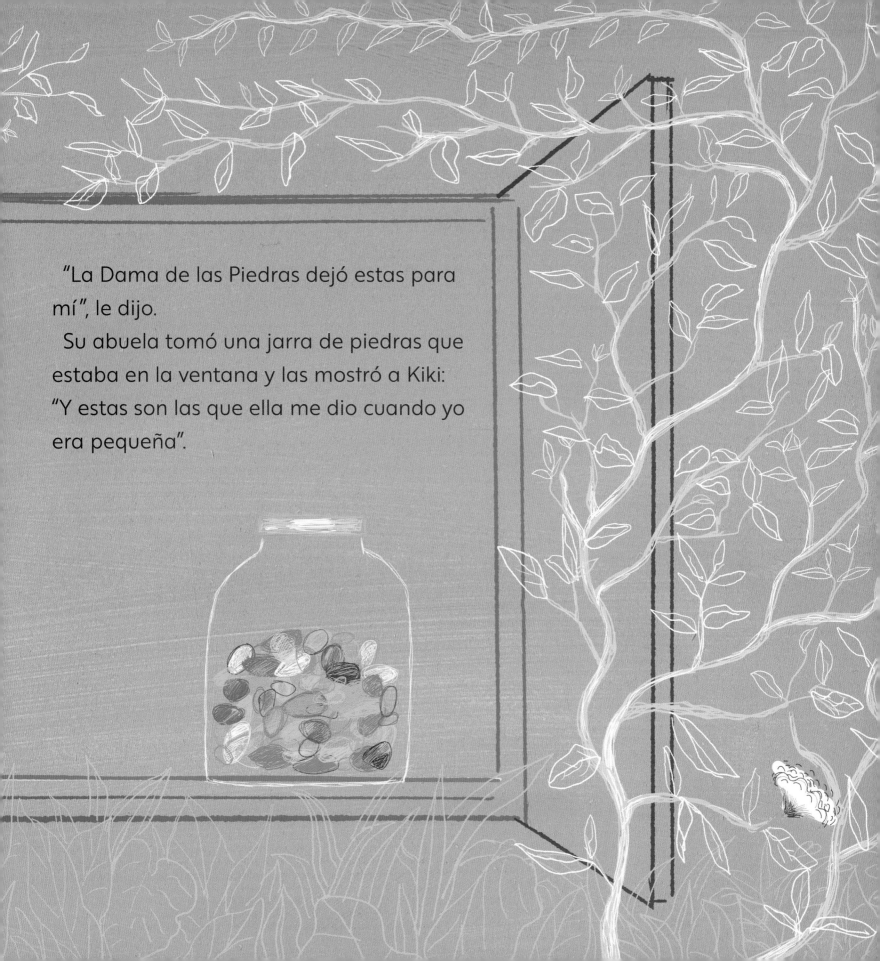

"La Dama de las Piedras dejó estas para mí", le dijo.

Su abuela tomó una jarra de piedras que estaba en la ventana y las mostró a Kiki: "Y estas son las que ella me dio cuando yo era pequeña".

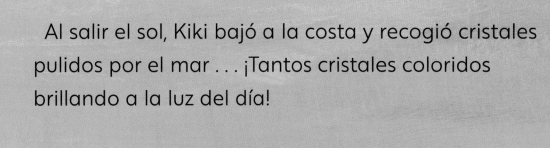

Al salir el sol, Kiki bajó a la costa y recogió cristales
pulidos por el mar . . . ¡Tantos cristales coloridos
brillando a la luz del día!

Los dejó junto al muro rompeolas.
"Este es mi regalo para La Dama de las Piedras".

Al día siguiente, Kiki encontró una caja de madera
pintada. Adentro había una concha iridiscente. Kiki
la tomó para acercarla a su oído.

Quizás me cuente sobre mi papá, pensó.

Pero él solo pudo escuchar un rumor de olas.

Esa noche, en un sueño, Kiki escuchó una voz que venía de la concha. "¡Nunca pierdas la esperanza! ¡La esperanza es una flor que puede nacer incluso en el océano más profundo!"